Libros Voladores Morris Lessmore

Escrito por
WILLIAM JOYCE

Ilustrado por
WILLIAM JOYCE Y JOE BLUHM

Morris Lessmore amaba las palabras.

Amaba las historias.

Amaba los libros.

Su vida era un libro que él mismo escribía, metódicamente, página tras página. Lo abría cada mañana y escribía sobre sus penas, alegrías y todo lo que sabía y anhelaba.

Pero toda historia tiene sus altibajos.

Un día el cielo se oscureció.

El viento sopló y sopló...

...hasta que todo lo que Morris alguna vez conoció quedó revuelto. Incluso las palabras de su libro.

No supo qué hacer ni hacia dónde dirigirse.
Así que empezó a caminar y caminar,
sin rumbo fijo.

Entonces una curiosa casualidad cruzó su camino.
En lugar de bajar la mirada, como se le había hecho costumbre,
Morris Lessmore volteó hacia arriba. Cruzando el cielo,
sobre él, Morris vio a una simpática señorita sujetada a un
escuadrón de libros voladores.

Morris se preguntó si *su* libro podría volar.
Pero no podía;
sólo caía al suelo produciendo un ruido deprimente.

La señorita que volaba supo que Morris simplemente necesitaba
una buena historia, así que le envió su favorita. El libro,
amistoso, insistió en que Morris lo siguiera.

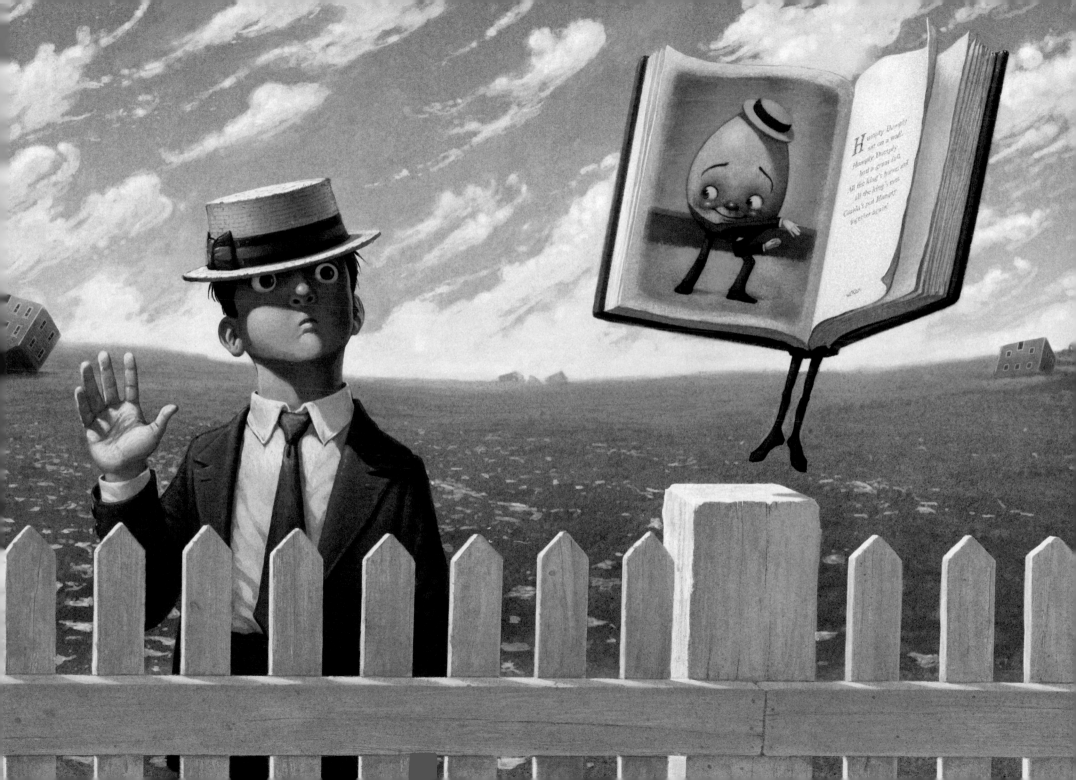

El libro lo guió hasta un edificio extraordinario
donde muchos libros, aparentemente, "anidaban".

Morris caminó hacia adentro lentamente, y descubrió
la habitación más misteriosa y fascinante
que había visto en su vida.
El aleteo de incontables páginas llenaba el espacio,
y Morris podía escuchar el cuchicheo de miles
de historias diferentes, como si cada libro le susurrara
una invitación a la aventura.

Entonces su nuevo amigo voló hacia él, y posándose en su brazo se sostuvo abierto, como esperando a que lo leyeran. El cuarto crujió de felicidad.

Y así fue que la vida de Morris entre los libros comenzó.

Morris trataba de mantener los libros
en cierto orden, pero siempre se mezclaban entre sí.
Las tragedias visitaban a las comedias cuando se
sentían tristes. Las enciclopedias, cansadas de tantos
datos, se relajaban entre los libros de ficción y los cómics.
Todo era un divertido revoltijo.

Morris era feliz cuidando a los libros; lo llenaba de
satisfacción arreglar encuadernados frágiles, y
pacientemente desdoblaba las esquinas de las
páginas que lo necesitaban.

Algunas veces Morris se
perdía en un libro
y tardaba muchos
días en salir.

Les histoires ont enc

histoires ont

fort que la vie et les idées qui lui

attrapée et l'e

qu'elles ont
le plus fantastique

é son esprit avec

apporté tant

ience était

A Morris le gustaba compartir los libros;
algunas veces se trataba de uno de esos libros que todos
disfrutaban, y en otras ocasiones
de un volumen pequeño, olvidado o poco conocido.

"Todas las historias son importantes", decía Morris,

y los libros estaban de acuerdo.

De noche, después de que todas las historias que necesitaban contarse habían sido escuchadas y los inquietos libros se retiraban a sus lugares en los estantes, el gran diccionario tenía la última palabra:

ZZZZZZZZZZZ z z z z

Era entonces que Morris Lessmore regresaba a su propio libro, ese donde escribía sus alegrías, sus penas, todo lo que sabía y aquello que anhelaba.

DICCIONARIO

Los días pasaron.

También los meses.

Y luego los años.

Más y más años.

...Hasta que Morris se encorvó y arrugó.

Pero los libros nunca cambiaron, sus historias eran las mismas. Ahora sus amigos lo cuidaban como él lo había hecho con ellos, y se organizaban para leerle todas las noches.

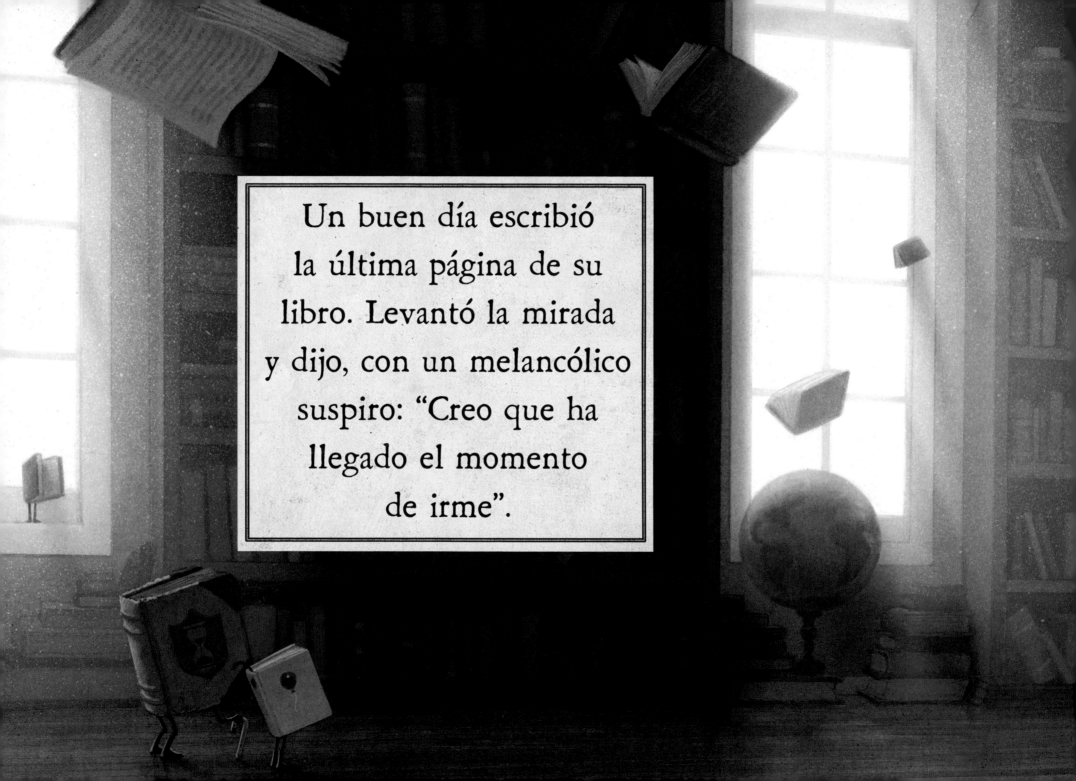

Un buen día escribió
la última página de su
libro. Levantó la mirada
y dijo, con un melancólico
suspiro: "Creo que ha
llegado el momento
de irme".

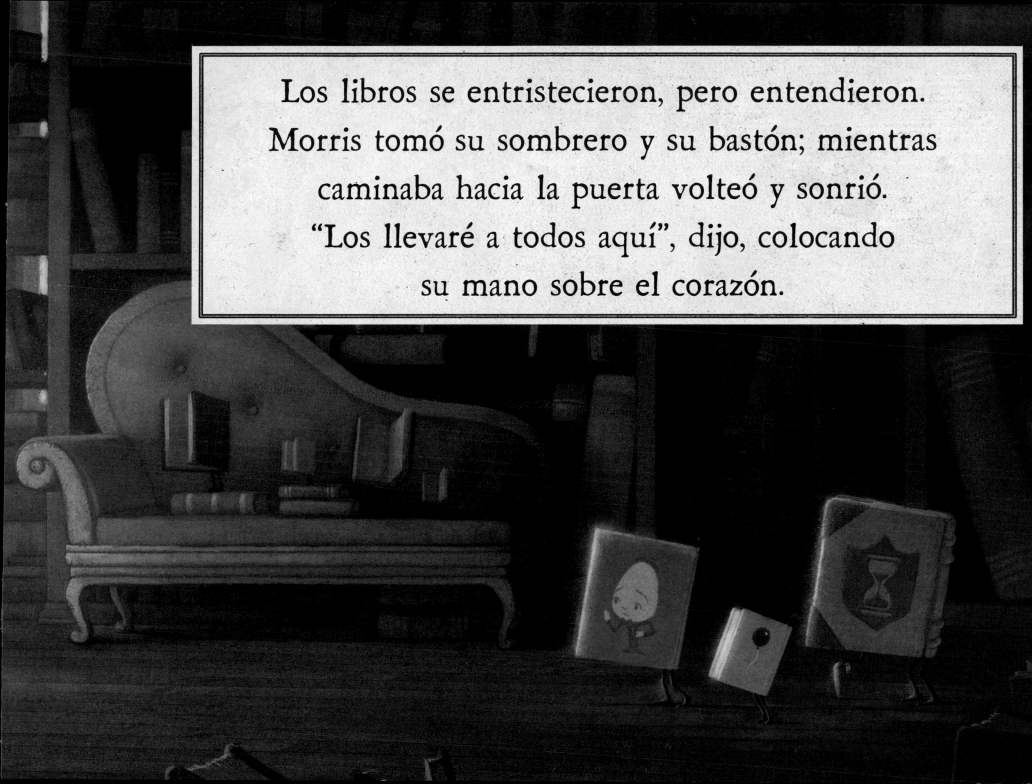

Los libros se entristecieron, pero entendieron.
Morris tomó su sombrero y su bastón; mientras
caminaba hacia la puerta volteó y sonrió.
"Los llevaré a todos aquí", dijo, colocando
su mano sobre el corazón.

Los libros agitaron sus páginas y Morris Lessmore alzó el vuelo.
Mientras cruzaba el cielo volvió a ser el mismo joven
que un día, años atrás, descubriera los libros.

Los libros estuvieron callados por un tiempo. Entonces notaron
que Morris Lessmore había olvidado algo.
"¡Es su libro!", dijo su mejor amigo.
Ahí dentro estaba la historia de Morris.
Páginas y páginas que guardaban todas sus alegrías y tristezas,
todo lo que conocía y todo lo que alguna vez había anhelado.

De pronto los libros escucharon un murmullo de asombro.
Ahí, en la puerta, estaba una pequeña niña que admiraba
aquel lugar fascinada. Entonces pasó algo fantástico:
El libro de Morris Lessmore voló hacia ella y abrió sus páginas.

La niña comenzó a leer.
Y así nuestra historia termina como comenzó...

. . . abriendo un libro.

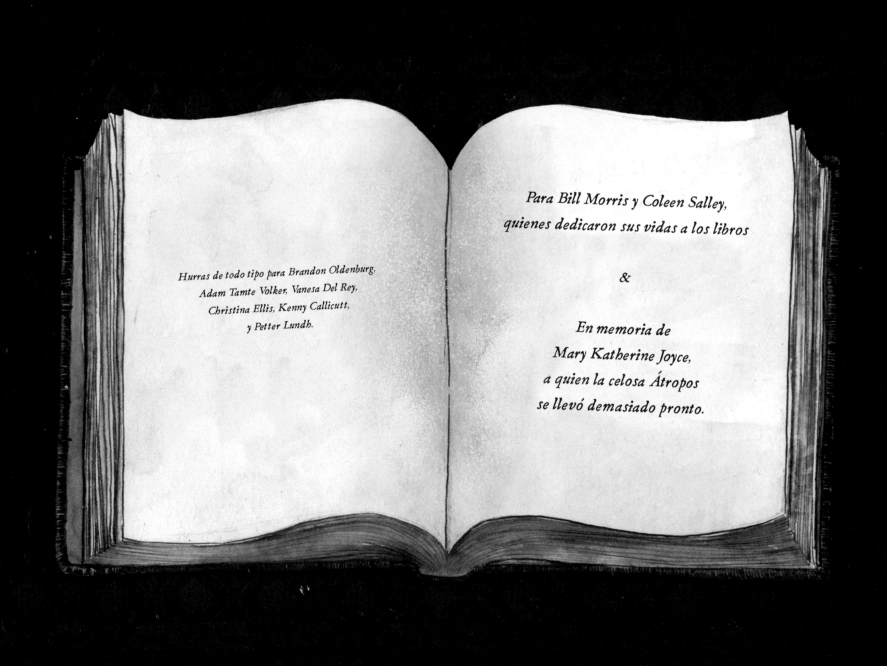

Hurras de todo tipo para Brandon Oldenburg,
Adam Tamte Volker, Vanesa Del Rey,
Christina Ellis, Kenny Callicutt,
y Petter Lundh.

Para Bill Morris y Coleen Salley,
quienes dedicaron sus vidas a los libros

&

En memoria de
Mary Katherine Joyce,
a quien la celosa Átropos
se llevó demasiado pronto.